贋作・二都物語

天沢退二郎

思潮社

天沢退二郎詩集

装画＝黒田アキ　装幀＝思潮社装幀室

贋作・二都物語

二つの都、それは
不可能なるものの故郷《ふるさと》である。

目次

Ⅰ

Ⅱ

I

ウソツキ山にのぼったら

虚実論のために

ウソツキ山にのぼったら
山の向こうは海だった
どこまでも続く海だった
（あの海の名前は何ていうの？）
と訊いたらば、傍に碑が立っていて
（この海は「ホントウ海」というのだ）と
答えをおしえてくれた。本当かい？

階段をおりると波打ち際に
ボートが一つプカプカと
波にゆられて繋いであった
早速乗りこんで　すこし沖へ出て
振りかえったら丁度　海面に
ウソツキ山が逆様に映ってた
山肌には、逆字でなしにこう読めた
（ウソじゃなかっただろ？）

本当かいな？　だまって海の水に
指をひたしてなめてみたら
それは塩辛くない、真水だった！
これは本当に、ホントウだよ　だからホントウ海なのだ。

猫カフェ騒動

おかしな電話が、けさの深夜に、
タ・イジーロのケータイにかかって来た。
「イジーロさんだね。元気かい。」
変にガサガサした声で、耳の中がかゆくなりそうだ。
話は今日、午前9時に「猫のカフェ」に来いという
用件は言わない。面倒な裁判でもあるのかな
しかし近頃あちこちに「猫のカフェ」てのが
開店だか展開だかしてるのが

結構話題になってるというから
何か耳寄りだか鼻寄りだか
いいことでもあるのかな？
そこでイジーロも、うかうかと、9時すぎに
堀端の小石川づたいに行ってみることにした。
たしか東税務事務所うらの角《かど》っこに、話題の
「猫カフェ」新装開店という幟が出てたよな……
その店はすぐ見付かって、入口の前に一匹の猫が
黒いジャンパーを羽織ってうずくまっている。
そこで今朝電話で言われた通りに
そのジャンパーを受取って羽織ると
「ニー」とか何とか、いわれて店内へ入るとすぐ
ウェイターが立って来て
「これ、サービスです」と、コーヒー一杯持って
がらんとした空席へ案内してくれた。

それからにわかにピヨピヨニャゴニャゴと
仔猫の首を被った大小の猫キャラどもが
わんさか出てきてまあうるせいことうるさいこと
頭に乗ったり顔を引っかいたりもみくちゃに
されたあげく裏口から外へ押し出された
その途端ジャーッと本物のどしゃぶり雨が落ちてきた！
あとで聞けば同じ日の朝、都内あちこちの
新装開店猫カフェ50店で
どこもみな「イチロウ」「イジロウ」「イジーロ」……
という名前のお客が
まさに「猫カフェ」の猫客たちの
乱暴ローゼキでもみくちゃにされたあげくに
裏口からポイされた、バカな人間の客もいるものだと
夕方の「猫間チャンネル」のニュースに出てたという。
これは猫専門チャンネルだから

人間は誰も見ないので、知らぬがホトケだと
うちの猫のミルキーがこっそり教えてくれました。

二都物語

猫と雀たちのために

巴黎の古書街からだらだら坂をのぼって
駅に沿った路地へ出て、さらにセイン河の河向こうに、かつて
よく行った飲み屋の並びのイメージも
思い浮べてはみたが、ちょっと遠いなあ……
そこで駅裏づたいに入って行くと、旧駅舎の
物凄い焼け跡がべったりと貼り付きそびえてたりして
これには思わず息を呑んだけれども
すぐそれに続いてびっしりと立ち飲み客の背中が

並んでるカウンターがあって
馴染みのマスターだかバーテンだかの顔も見えたから
よかった、ここで飲むかと割り込んで
「生ビール、ひとつ」とたのんでから
右どなりのやけに背の高い和服着た女客と
さりげなくフランス語で他愛もない話などしていると、
なかなか、次のビールが来ない
そのうちに夜は更けて、どうも夜が明けてきたから
じゃこれで、お愛想《ラディション》を、と勘定をすませ
だらだら坂をまた下って、帰ったのだ。

そしてあくる日、早くからまた坂をのぼると
駅裏のカウンターにはもう客が立て込んでいる
早速そこへ割り込んで、「ニギリを一つ」たのんだら
じつにもう新鮮な中トロをのせた2ヶで1セット!

中トロの次は何にするかな
飲みものは……ビールはあきたし……
しかしこんな朝っぱらから
ワインというわけにもいくまいし
さてどうするか、困ったな。

それはさておき、折角御来聴の
みなさまには申し訳ないが
上記のような、なかなかすてきなカウンター体験を
これ以上吹聴するのもお奨めするのも
全く不可能なのである。
あれから日ならずして秋雨前線と
寒気団との激闘から超弩級の集中豪雨があり
例の駅向こうの「お茶の水」という洒落《しゃれ》た名の河の水位が
数百メートルの高さにまでせり上がり

あふれにあふれ、だらだら坂を奔流となって席巻し
坂下の、TOKIO JAPON のに匹敵した古書街は
すべて壊滅、どろどろした古紙の沼と化したのじゃよ
ましていわんや、あの駅裏や河向こうの
名立たる飲み屋街など跡形もなく
わずかに、土台の隙間に生えたペンペン草の間で
生き残りの猫と雀たちが、邪気もなさそに
のんびりたわむれてるばかりだわいな。

病院坂上にて

I

さて帰途に、有名な急坂へさしかかると
いつもながら自転車を降りて押しながら登る
いまや足弱の私でなくても　ここは
自転車漕いで行くのはいかさま無理だ
(私だって昔は、長女を後ろの荷台にまたがらせ
長男を背におぶって相当の坂を

自転車漕いで登りもしたが）
わずかに屈曲するこの坂の左側は、それまでの
今は無住の木造平屋建住宅の並びが終って
いよいよ、大袈裟にコンクリで固めた人工土台に
新築のモダンな一戸建てを載っけたアクロバティックな
いかにも震災や龍巻のときが心配な、高級（？）住宅が並ぶ
その急坂を登り切ると
駅からの国立病院行直通バス路線が終着間近の
信号のない横断歩道に出て
まずそこでひと息吐《つ》くところ。

2

その日もこの病院坂を登りつめて、横断歩道のすぐ向こう
ツバキ公園は、むかし時に幼い長女を遊ばせた
そのころはごく貧弱だった桜の木が

今は隙間もなく枝葉を繁らせている
その梢近くのしげみから、しきりに
カラスの家族が鳴き交わすやりとりは、何の話だ？
アア、アア、アアと訴えるのは、幼鳥の一羽か二羽
それにかぶせてカア、カアと宥《なだ》めるのは母ガラス
そして時々、グヮア、グヮアと、のぶとく主張するのは
父親か、さほど権威ありげではない
言い争う気配ではなく、しかしどの声も
自己主張を収めて引き下がる様子もない
すぐ樹下で聴き耳を立てる人間がいることに
全く気付いているらしくはないが、もうそろそろ
気になり出して、ちらちらと、枝葉の間から
こっちに目線を向けはじめているとしたら
やはり申し訳ない気がしてそろりそろりと
自転車を押してその場を離れたのを

知ってか知らずか、まだ「アア」「カア」「グヮア」の三羽か四羽かのやりとりは、まもなく私が公園の角を左へ曲ってもなお聞こえていたとここに記述しておくのを、いずれ何かの折にあのカラスの一家に伝えてもらえばありがたい。

二つの家

序

二つの家
上の家と下の家と
朝や昼には、まだなくて
たいていは夜ばかり
上の家と下の家と
それぞれ別々の小母さんが

とりしきっている。

I

その夜も、私には二つの家があった
一つは駅のすぐ裏で
そこで私は自分のことを僕と云っていた
もう一つはそこから１㎞ほど東の丘の上で
そこでは自分のことを俺と云っていた
どちらの家もそれぞれ、別の小母さんがとり仕切っていて
僕の家の小母さんは眉がふとく、いつもこわい顔
俺の家の小母さんはいつも、こっちを見ることがなく
まるで顔のない小母さんのようだった。

II

その夜というのは、日の暮れるのが早くて

7時にはもう、すっかり暗くなっていた
僕は用があるからと外へ出て、図書館坂を
もう一つの家の方へ急ぎ足で向かった
最後の急坂を登り切ると、三叉路で
右へ行けば左が図書館、右が俺の家
三叉路に面して「ブルー」という名のカフェ
そこで一服してから、わが家へ入ると、
驚いたことに、玄関口に僕の家の小母さんが
大きな顔をしてがんばっているではないか！
何だ？　どうしたんだ！　全く理解不能だ
あまりの驚きに、僕？／俺？は
その場で失神してしまった。

III

気が付くと、さっきのカフェ・ブルーの、

三叉路に面した席に座っていた
この私は、いったい僕なのか、俺なのか
断っておくが、僕と俺とは、別人である。
顔立ちも背丈もちがうし、年齢だって随分ちがう
どっちも、私でないとは言わないが、もし
二人の側から見ると、つまり
私というものは存在しないのだ。
外はもう夜で、店員が、閉めるから出てくれと
言っているが、その私は今ここでは
僕なのか、俺なのか、
それがきまらないかぎり、ここを出ても
二つの家のどっちへ行ったらいいのか
わからないではないか!?
しかし、もう閉めますよと店長にも再三言われて
仕方なく私は外へ出た。

Ⅳ

さっきの、上の家へ行く？　しかしあそこは
本当は別の、顔のない小母さんが仕切ってるはずなのに
だからもう、俺の家ではない。
では急坂を戻って下の家へ？
しかしこのままあそこへ行ってどうなる？
あそこはもう、僕の家ではない。
私は文字通り途方に暮れてしまった。
正面の図書館の庭には、街灯の光を受けて
今を盛りの彼岸花の群落が真赤に燃えていた。

何の河

そもそもこれは何の河か？
何か名はついているか？　何河か？
メモ帳では「田川」あるいは「野川」として置いたが
ここではもはや、田川とはいえず、野川でもない
コンクリート製の型枠から
まもなく道路下の暗渠に潜《もぐ》って
その名も著《しる》き「葭《よし》川」に流入する
その葭川は少くとも地図にも記された野川であって

市街地を、その裏から裏を通り抜けたあげく
万葉集にも歌われた都川《みやこ》と合して東京湾に注《そそ》ぐとしても
これは、そのまた支流の数にさえ入っているか？
とにかく、病院坂への道に入る直前
両側をくっきりと垂直のコンクリート壁にはさまれ
その壁にまた有刺鉄線の柵が
高さ何メートルも生えている
その鉄の網にぴったりと身を寄せて、
蘆《ヨシ》が一列、高々と伸びあがり
寒風にその枯葉をふるわせているわけだ
それも一列、ただの一列！
すなわち、これもこっちからは見えないが
対岸も相似形だろうから、おそらくこれらのヨシは
幅がカッキリ一列分しかない岸の
コンクリートの継ぎ目に沿って

辛うじて根を張っているにちがいない
そのただ一列が、こんなにびっしりと
並んで、伸び上がり、少くとも三メートル、
四メートルの高さに達しているわけだ
ここからは見えるべくもないが
おそらく、この「川」は、
はるか遠くの方から、いわゆる谷津田や
郊外の新興住宅団地をえんえんと貫流して
ついにこの殺風景なコンクリート壁の間に追い込まれ
今しも暗渠へと姿を消そうとしている——しかし
わたしの生涯はそこで終るわけではない。
まもなく葭《よし》川に組み込まれ、じきに港湾へ、
そしてその満潮時には、圧倒的に
逆流する塩水に出迎えられて
大海原へと、わたしの後生《グツー》は続くのだから。

〔偽《ウェイ》〕巴里洄河原クロテング逍遥道中記から
1st version

さていざ其処《そこ》へ行こうと思うときは
此処《こっち》の駅前から西へ　つまり左の方の
丁度むかし氷河でざっくりえぐられたというような
深々と彎曲した洄川の底を
あの飛べない魚として有名な
クロテングばりのスタイルでさ
枯草を下腹でむしり取りながら
匍匐前進して行けばよいのであ～る

するとやがてぐぐーっと奇跡のように
見えてくるんだな行く手の左ッ側に
見上げる高さまで直角に切り立った崖が
古来の石垣でびっしり守られている
その縁《へり》から身を乗り出さんばかりに
立ち並ぶ〔偽〕巴里の家並
中でもすぐ目に付くのが赤白青三色だんだらの
円柱のめぐる理容館で
それは私がかつて住んだアパルトマンの
つまり1階にあたるのださあさあ来たぞ
来たわいな来たわいな以前とちっとも変らない
正面まで来ればすぐ見える
細い石組みの段々は昔も今も
アルプスの雪融け水がこの涸川を急流に変えるときは

女たちが衣類や野菜を洗いに来る所
そこで私もクロテングふうの黒服の、草や塵を払い落して
ほつれたネクタイのしわものばし
すっくと立ってさて石段に足をかける
するとまるで待ち受けていたように
オー、ジローさん、bienvenu !と
黄色い服の小母ちゃんの声が降りおちて
くることもまあ、ないわけではないが
たいていは、せめて床屋の老猫が
だまって見下しているくらいで
こっちは首をすくめて登って行く

いささか息を切らして登り着くと
河岸《ケー》の細い石畳みちに敷かれたレールは
もう何十年前に廃線になった路面電車の跡だ

そうだった思い出したぞ、そして……
「あ、あいつだ、たしか黒天狗とかいう、見付けたぞ」
という意味の中国語がいきなり飛んで来た
見ると理髪店の右隣の、中華料理店
（そんなものがここにあったかいな⁉）
おかしいな？　いや、こんなことはよくあること……
ぶつぶつつぶやくひまもなく
その店内から二、三人の男がとび出して
やにわにこっちの腕をつかみ、店の中へ
引きずり込まれて、見ると、四角なテーブルの
テーブルクロスの上で麻雀のゲームが進行中だったのだ
そこへ私を引きずりこんだ四人が
まくしたてることには
お前はこの前、ここで大負けしながら
1テーブルも払わずに遁走したやつだ

もう逃がさんぞ、金がない？　ならば身ぐるみ脱《ぬ》いで
置いて行け！……と云ってるらしい。
そんな、身におぼえは全くない、人違いだ、人違いだ！
「おやめなさい。ジローさんはそんなことする人でない！」
凛とした女の人の声がひびきわたった
見おぼえのある、隣のトコヤの小母さん、
もう80か90歳の老店主だ、助かった！
その声には何か魔力があったらしく
四人の男はそのまま立ちすくんで
見れば何と、四個の蠟人形だったのだ
いや、床屋の小母さん自体、蠟人形で
一座はショーウィンドウの中の、一場景にすぎなかった
……私はしかし、受けたショックはあまりに大きく
全身がこわばって、やはり私自身も
一箇の蠟人形として固まってしまった……

窓の外を、ときどき、路面電車が走ったり
通行人が面白そうにこっちを見て
笑いながら、しかし立ち止まりもせずに
いそがしげに往来するのを　私たちは
いつまでもうらめしげに眺めるばかりなのだ。

Ⅱ

チョコレート讃歌

或る女歌手の名前にかこつけて

チョコレートの橋が　足の下で折れる
おお千代子　列島はパックリと
きみの足の下で縦に裂けた
おおチョコレートの橋は
きみの足の下で崩れ落ちる

見上げればチョコレートの空を
稲妻が走り　パックリと天は横に割れる

おお千代子　列島の上に
チョコレートの割れた破片《かけら》が
雨となってきみの全身に降る

「チョコレートの神よ女神たちよ……」
おお千代子　列島の夜も昼も
きみの過去も未来も見そなわす神々に
祈ってあげるから忘れるでないぞ
今はただチョコレートを只管《ひたすら》にねぶれ

チョコレートの夜が　口の中で溶ける
おお千代子　列島の闇が黒々と
きみの夢また夢をみたして果てる

女将とガンマン

OWSミステリーの一（教訓付き）

それはテレビも映画もまだ白黒の時代のこと
三十代になってまもない祖父が
鉄道馬車を乗り継いでやってきて
駅近くの、当時としては一軒だけの
追分宿へ投宿した
その宿には一人だけ先客があり
そいつは日がな一日、ギターを爪弾いては
流行のカントリーソングの制作に余念がなかったが

その下手糞でやかましいこと！
宿の女将はじつにそれが気に入らなくて、
眉間《みけん》の縦皺は深まるばかりだった
このギター弾きの正体は、じつは知る人ぞ
知る——腕利きのガンマンで
こいつと対決して名声をかちえようと
腕におぼえのあるガンマンたちが狙ってた
若き日の祖父もその一人でな
頼りにならない情報をたよりに
追分の宿へやってきたというわけさ
しかし祖父の腕は未熟もいいとこで
誰が見てもかれに勝ち目などなかった
ところが、祖父が追分宿に着いたその日に
奇跡の対決は実現して
宿《やど》の門前の、ちょうどそれも

初雪の降った日の薄明どき《クレピュスキュール》
名うてのガンマンは祖父の短銃に撃たれて倒れ
若き祖父はガッツポーズもそこそこに
次の馬車でどこかへ姿を消した
事の真相は、例の女将が、
予めガンマンの短銃から弾丸を
抜いておいたためだと
宿の古文書にも女将の直筆の告白があり
いずれこのストーリーは、まだ白黒の
映画にもテレビドラマにもなったから
プルミエ・アルシーヴか何かで
どうぞ御覧いただきたいのであります。

教訓①「女将」には呉々も気をつけな。〔これは女性差別?〕
②下手な歌や演奏は近隣への迷惑条例違反ですよ。

モンパルナス・ファンタジー

四年に一度の国際騎士物語学会の最終日、
懇親パーティがひどく長引いて
8時すこし前にやっと散会となり
数十年来の友人や同学の士たちとの
惜別の儀式もそれなりに終って、
さて——8時半出発の国際航空券、間に合うか!?
ヤバイじゃないか、とにかく空車のタクシー求めて
モンパルナスの路地から車道へ

偶々知りあった案内役の老人を頼りに
めぐりあるくが、どこにも空車のカゲもない
細い一方通行の路地や少し広い道や
車は結構走ってるがタクシーは全くいない
時には建物と建物の間の隙間や、
地下の抜け道を通って隣の
別の道路や路地に出たり
やはり車待ちの現地居住者たちの間を
もう8時半近く、いや1時間以上も
ただもう果てもなくさまよい歩く
——時に目が覚めて寝床の中
　しかしそれでもあきらめきれず——
また夢の中のモンパルナスに戻っては
タクシーとの出会いを求めて路地あるきを
続けることがどうしてもやめられず

寝床からモンパルナスへ
モンパルナスから寝床の中へ
夢まぼろしの往復がきりもなく続いた。
（この朝、私の住む町の積雪は
　一夜にして33㎝
　ひるまの最高気温は５℃
　と予報された）
外はまだまだ暗く
折しも20年来の大雪の夜中から朝へ
時は過ぎるとも過ぎないともわからなかった。

白い闇を縫って

その夜は深夜カフェホテルのロビーが
0時過ぎても大画面のＴＶ前に人だかりして
ちょうど注目の女子フィギュアのヒロインが
冒頭の何回転アクセルに失敗
溜息やら大ブーイングやらでそのやかましいこと！
私がうんざりしておれの好きななんとかスカヤの美技には
及びもつかぬわと吐き捨てれば　たちまち
周囲から、敵をひいきするこの国賊めと

罵る声が一斉に集中、外へ蹴り出された！
ひどい話だ……気がつくと玄関前に個人タクシーが一台
寒いは寒いし、とにかく見るからに老齢の
運転手がどちらへと言うから、さて
家は経済と東高の間だが
ゆっくりやってくれ、急ぎはしないんだ
じつは丁度今頃やっと神さんが寝たばかりで
いつも寝付きがわるい。眠りの浅いうちに着いたりしたら
すごいおかんむりで、雷が落ちるんだ、できれば
四時過ぎくらいに着いてくれれば安心だよ。
すると運転手は、わかりました
それじゃ、始めからメーターは倒して
一括千円てことで
ゆっくり参りやしょう。道はよくわかってます。
車は、いつもなら通るコースをすぐに外れて

カーナビなどというものはまだない時代のこと
競輪場の手前から左折すると
まるで薄白《ほのじろ》い闇の中を縫うように
車は小路から小路、脇道から脇道と
ジグザグに、そのくせまるでエンジンの音もたてず
なめらかになめらかに進んで行った。
運転手さんはここの地元の方ですかときくと
はあ、子どもの頃からこのへんで
戦時中はここの鉄道連隊に居りましてね
今通ってる公園の綿打池《わとーち》で架橋演習など
やったもんですよ。などと、別に聞かせるでもなく
つぶやくように語り出した。
私自身このへんは何度も自転車で走っているが
そのコースは殆どきまっていて
行くほどに全く見知らぬ商店街や

平屋の木造住宅の廃墟みたいな一画や
かと思えば六、七階建ての集合住宅が両側に
そそり立ち、どの窓にも灯のカゲも見えず
街灯さえ全くなくてしんとしている
護国神社や図書館、見捨てられた耕作地などを
車はもう今はどこを走ってるやら
いつになったらどこへ出るのやら
運転手のひとりごとども身の上話ともつかぬ
つぶやきをうつらうつらと私は聞くでもなく
居眠りするでもなくまるでどこまでも
深夜の薄白い闇を縫って車は走った。
そしてふと気付くと、小道の突きあたりを
さえぎるのは経済高校と東高校の
間を走る有刺鉄線の網で
運転手さん、そろそろ着きますよと

言おうかと思ってみるといつのまにか
私は寝床の中にいて目が覚めたところ
えんえんと続いていた身の上話ともつかぬ繰り言は
ラジオ深夜便のアンカーの声
ふとんから手を延ばしてヴォリウムを上げると
そろそろ夜明けです。今夜のお相手は
宮川泰夫でしたと、聴き慣れた宮川アナの声で
室内には外の薄白い闇がしのび入っていたのだった。

柿食わぬカラス君、おしえてよ

一度あったことは二度ある
しかし二度あったことは二度とない。
巨きな柿の木のあった隣家には
二度と物言わぬ老新聞記者が
長患いで寝た切りだった
或る秋の日、記録的な雨台風の夜半
我家の二階の小窓がとつぜん破られ
そこからどっとばかりに大水が侵入

蔵書の多くが水びたしになったのは
二階の雨樋にびっしり柿の落葉が塡《つま》っていたせいだった
それからわずか数年後の秋にまた
まったく同じ事があった
そこで隣家は黙ってその柿の木を切ってしまったが
そのことで老新聞記者は激怒して亡くなったと聞く
だから、同じことはもう二度とない。

あれから星霜50年……
いまその隣家の庭には背の高い木が1本、ただし
それは常緑の柑橘類で
台風でも落葉の大群が我家の雨樋に
降り積ることは二度とない
この間の歳月に、我家《こっち》でも蔵書の大半は下の階に移したし
もう一つ大きく変ったのは鳥たちのメンバーチェンジ

かつては柿の木の梢に近くたくさん
残った紅い実を
カラスやヒヨドリ、ムクドリなどが
かわるがわる啄みにきて賑やかだった
それが今は、びっしり枝葉の繁った蜜柑の
木の中へ、秋の数日間、何十羽、殆ど無数の
渡り鳥の群が滞在して
朝と夕方のそれぞれ数日間耳を聾《ろう》する大騒ぎ
――かれらの姿は葉や枝に隠れて全く目に触れず
よって何鳥かも見定め難いまま
その数日が過ぎると、まるであっという間に
全員姿を消して――つまり声も音も動く気配もゼロとなり
それでみじかい秋は終りとなった。
今年は巨きな蜜柑の実が結構たくさんみのったものの
台風のあと、二個、三個と我家の前に落ちて来たが

誰が拾うともないまま
長い冬を越そうとしている
通りかかる人も、子どもらも野良猫も、カラスさえも
まるで見向きもしないままに――なぜ？
おそらくこうして我家が無住になった後も
毎年がこうして過ぎて行くのかな？
どう思う？　今は柿食わぬカラス君よ？

ダリヤ経／超特急

気がついてみるといつからか、社内には、
私より前からいた社員は誰もいなくなり
——定年ばかりでなく、諸々の事情で辞めて行った——
何となく自分の居場所がなくなって、ついにその日
見覚えのない顔や、見覚えはあっても名前のわからない
どれもガッシリと茶系のスーツ着た社員たちが
まるでいっせいに社内を、廊下や階段づたいに歩き出し、
私には手や声をかけるでもなく視線を向けもせずに

追い立てるように、しかし無言のまま
廊下の幅一ぱいにせまってくるから
ついに私は玄関から外へ、そしてさらに外側の
路地から路地へと、無言の圧力によって
押し出されて行った。つまり社員たちは
明らかに、意図的に私を動かしていて
やがてぐるっと回って、社屋から路地一つ隔てたところの
ある建物の正面から二、三段上った１ＤＫの室へと
私はまんまと送り込まれたのだった。

いかにもビジネスホテル１Ｆ、
あるいは独身者用社宅風のその部屋の
北側のフランス窓が明けっ放しで、
上から垂らされたカーテンを閉めることができない。
そこから見上げると路地の向こうは丁度うちの社屋の

2階の窓も開いていて、そこから、何と
大きな段ボール箱がせり出して来たと思うと
私が首をすくめる間もあるかないかで
その箱が投げ出され、ものの見事に
こっちの窓わくから一気にとびこんで来た。
あやうくとび退《すさ》って命中はまぬがれたが
間を置かずに次々と、同じような段ボール箱が
正確にこっちの窓枠の寸法すれすれにとび込んで、
作り付けベッドの壁に背を貼りつけた私の前に
積み上がって行く箱の中味はというと、すべて
私が在職中に制作した本また本。辞典や全集や叢書類の
「不良在庫」とレッテル貼られたものばかり
さらに現在も進行中の企画書、初校ゲラ再校ゲラの類まで
すべてが隙間もなく詰め込まれ、ガムテープでしっかりと
包装されたものばかりだ。

それら段ボールの箱また箱が、眼前に
殆どきっちり天井に届くまで積み上がったところで
この驚くべき投入はピタリと止まった。
しばらくして私が茫然自失からようやく
ベッドに身を起こしたとき、入口の扉があいて
たしか近頃入った受付係の、年齢不詳という他ない
異様な厚化粧した魔女風の美女が、
こっちには視線や言葉ひとつ向けるでもなく
丼物とサラダ一皿をのせたトレイを
そこのカウンターに載せて出て行った。
これがどういう意味なのかは不分明のまま、
会社からは、ついに二度と誰も来るはずがない
そのことだけはいやでも明らかだった。

右の時点ではまださだかでないが
この間《かん》に、路地一つ隔てた旧社屋は
内部の床《ゆか》も壁も天井も、青黒い壁紙がぴっちり貼られ
その壁紙の下は、外からはよく見えないが
ダリヤの花模様で蔽われ、ダリヤのトンネルと
ひそかに呼ばれていた。
そしてそのトンネル内を何かの突貫工事が進行
してたと思ったら、ある朝、驚くべき轟音が
あたりをゆるがして、遠くから来た何かが
そこを馳せぬけたらしかった。
それこそは、目にもとまらず回転する
新世代のリニア式特急列車で、今や有名な
「ダリヤ超（狂）特急」というものの最初の
試運転走行であったのだ！
（ちなみに二〇一四年年頭の、有楽町付近での昼火事は

この建設作業と無縁ではなかったという噂だ）

Ⅲ

〈物語〉の終焉そして未来

東の空に雲はあっても、それより高く青天がせり上がり
ロビーの壁面全体、最上階まで吹き抜けのガラス張りから
朝日はまるで一杯に降り注いでいたけれども、
ラジオやテレビは早朝から気象情報の類で
九州に停滞する前線の雲から
とりわけ天草市中心に記録的な豪雨、
8万世帯に避難勧告が出され
その南方、沖縄列島のあたりには

数日前から北上してきたカテゴリー1の台風が
やはりそこに停滞したまま
ゆっくりと半島へ北上するか
あるいは例によって大きく東北東へ
舵を取って列島の縦断に向かうのか
その決断をえんえんと躊躇しているという
いかにも切羽詰まった口調のアナウンサーや
気象専門の予報士たちの情報が
もう何時間も同じ調子でよくまあ倦きもせず……

しかしそんなテレビやラジオのかまびすしさなど
聞いているのかいないのか
聞こえているのかいないのか
渠《かれ》はロビーの一隅に腰をすえ
あるいはあっちのソファ、こっちの小卓と

小走りに行ったり来たりしながら
創作中のファンタジーのための、資料や種本、
冒頭部の下書きや初稿のコピー、地図、人物関係図など
あれを見たりこっちをめくったり、心覚えのノートや
時に独語したり口笛を吹いたり歌を口ずさんだり
床《ゆか》に開いたままの辞典につまずいて転《ころ》んだりしながら
それでもついに、物語の大枠を決定したらしく
隅に置いてあった大鞄から
殆ど畳二枚分ほどの大きな模造紙を
着物のように繰り拡げたところへ、
赤と黒のふと書きマッキーを操って
物語全体の流れと筋立てのポイントポイントを
ぐいぐいぐりぐりと鮮明に書き上げたのだった。

さてそこで渠《かれ》は、ロビーのあちこちに

積んだり拡げたりしてあった資料やノートや
本やメモや写真や画集の一切を
十人掛けくらいの巨きなソファーに積み上げ、
その全体の上に
さっき仕上げた大型模造紙を裏返して
拡げたままますっぽりと覆ってしまった。
そしていかにも「やったぞ」というように
ガッツポーズをしてみせた（誰に？）あとで
とにかくそこでロビーをあとにして
いちばん近い所にある洗面所へ入った……
……それから何分、何十分
いや、何時間（？）経ったのか

涙が出て来て、ロビーへ入るや
茫然として立ちすくんだ

なぜならそこは床《ゆか》に塵一つ残さず片付けられ
室内の何箇所かにソファーは四つ、二つ、
あるいは三列……にきちんと置かれ
しかしさっきまでそこかしこに
積まれてあった本や資料など
全く見当らず、その上を蔽っていた大型紙など
掻き消すようになくなっている。
それどころか、渠の私物や、鞄の類や
あちこちに点々と落ちていた塵紙
もじゃぐったペーパー類も影さえない
いったい誰がどこへ片付けた？　そんな問いを
発すべき相手の影もない
渠がアプアプしながら見わたすと
玄関の方、さっきまでは人影の
動いていた受付やフロントあたりは

これから次の担当者が着くまでの
一瞬の、しかし限りない空白の時らしかった。
（アワワワワ……）渠のあけ放した口《くち》から
音もなく涎《よだれ》が流れ出、流れ落ちる間もなく
激震が来たのである
震度七以上、マグニチュード10は下るまい
さすがの渠もよろめいて膝をつき
思わずロビーの吹き抜けを見上げると
はるか頭上数十階分の上部から
いや、何処からともなく
あの物語全図の大巻物が
ふわりふわりと漂い流れ、
一方、東側大壁面を形成する総ガラス張りが
ゆっくり瓦解しながら、ひびわれ、ちぎれちぎれて
すべてスローモーションのなだれとなって

渠の全身へと降り落ちてきた。
（ここで一切の音声も渠の意識も途絶えている）

騎行篇

ある「決行」の顚末

「そら、あすこに赤い煉瓦造りの建物が見えるでしょう?」

と、旧駅跡のホームの縁《へり》の

腐蝕した角材のところまで上って言ってみると

うしろでJさんが「あそこか、よし、行くとしよう」

と言って後退《あとずさ》りするのを追って、われわれ五、六人

そこから北へ向かって馬を走らせた。

やがてもう一度、見晴らしがひらけて、

Jさんの妻が収容されているという赤い建物が

さっきより近々と、地平の手前に見えている
「それじゃ、行きますよ！」
もう一度、背後のみんなの姿を確かめて
坂みちをしばらくジグザグに下ってから
今度は広大なキャンパス前面の
わずかに蛇行する並木みちを
われわれの騎馬は一列、東へのコースをとって
低い煉瓦塀沿いに走った。
まだ早朝のこととて
１㎞毎の通用門は閉じられたまま
やがて江戸以前からの大月寺の角《かど》から
左折して裏門沿いのコースに戻る
「万一閉まってたら、強行突破しますか？」
と訊くと、Ｊさんは口を結んで答えない。ちらと
振り返ると、こっちの列に白馬の女騎士が加わってるのは

金髪の女医や、アジア系の薬剤師や祈禱師だ
ふと、昔、あの少女を拉致してなかったらどうなった？
という仮想が一瞬頭をかすめて、とっさに
「決行しましょう」と
決意を口に出して大きく旗を振った
じきに、別院の低い門構え
それを馬に鞭打って飛越させて
われわれは次々に、病院構内へ突入
すでに入口前に出ていたＪ夫人や、
Ｋ・Ｋ嬢らの拉致に成功したが
院内からは銃声がなく、その代りに
強烈なガス銃が発射されて
われわれは
そのまま失神して、身体ごと
パラレルワールドへ

あるいは後生《グツー》の世界へ
まんまと旅立ちおおせたのだった。
――女騎士たちの絶妙な手助けを得て。

時間論漫才のこころみ

9時と10時の間では
九人であけた十字のかたちの針の穴
短い槍なら5ブロック
長い槍だと60ブロックの違いがある
これが、教義のちがいでいうと
直角から十字架まで
二元論から一神教への懸崖だ
そこは意地と他人のせめぎ合う

仔獅子千仭の窮地
ひとつ区切れば供犠の際《きわ》
球戯のルールもおぼつかぬ
危惧と苦吟のそのはてに
泳ぎ出てきた詩句また死苦の粒々が
粒焼きの壺の中から縁《へり》をこえてまろび出た

恥は8時に掻きすてたし、
質屋は7時に閉店だし、
いまさらカッコ付けようたって
6時過ぎのコンビニにロクなものは残っちゃいない
ゴジゴジしてると日が暮れる
4時に寄席に行ったりすると
おなかがよじれてしまうしさ
それで産気付いちゃって

産科へいそぐと渋滞だ
そりゃちょっと別の話だから
話をもとにもどすけど
2時に美しい虹を見た
イチヂク峠が別れみち
右は12時
左は0時
ジージとマゴ娘の対話がきこえてくる

こういうときは始めから
やり直すなどは愚の骨張
せいぜい苦労話のＤＶＤか
ぜいぜい咽喉仏のすりきれた
二百歳の元ボーイソプラノ歌手のしわぶきか
耳下腺由美の幻聴のこだまか

ロックやラップの千切れたテープが
風にピラピラ鳴っているばかり
せいぜい少し笑えるかもしれないのは
老木の年輪のミゾに誰かが録音した孫娘との
対話のひとくさり――
〈むかしはまんまるいグラウンドで
　長い足と短い足が
　追いかけっこして時間を決めていたものさ〉
〈信じられない！　まるでサーカスね！〉
〈長いやつはストライド、短い方はピッチ走法
　それぞれにスピードもちがうんだ〉
〈そんな不公平な！　どっちが勝つことになってたの？〉
〈何度も追いこしたり追いこされたり
　途中でチーンと鐘が鳴ったりね〉
〈おもしろい！〉

〈区切りごとに鳥が鳴いたり
音楽が鳴って
お人形がとつぜん出て来たりしてね〉
〈ピンクレディーのコンサートなんかもやったのね〉
〈そりゃちょっと別の話だが〉
〈話をもとに戻すわね
長い足と短い足が追いかけっこすると
どうして時間がきまるのよ?〉
〈そりゃかんたんさ
二本の足のコースには
共通の目盛りがきざんであってな
その目盛りをかぞえればいいのさ〉
〈なんか　フクザツねえ
右の目で短い足
左の目で長い足

それぞれいちいち目盛りをかぞえてたら……
目がまわっちゃう！〉
〈長いやつは一時間でひとまわり
短いやつは十二時間でひとまわり〉
〈ひどい！　右の目はグルグルグルグル
左の目はグル――リ　グルーリ
あ、まちがえた　反対ね！
頭がパーになりそう。
ところで、それぞれのグラウンドって
どのくらいの広さだったの？〉
〈大小いろいろあってねえ
お祖父《じい》さんが使ってたのは直径７cm
お祖母さんのは　直径１cmもなかったね〉
〈えーッ！　虫眼鏡でも読めないじゃない〉
〈虫眼鏡？　古い言葉知ってるね！

ところが昔の天動儀では
グラウンドの直径が太陽系の端から端まであった〉
〈グーッ（もう声も出ない）
ああ、よかった、あたし、
アナログの時代に生まれてなくて〉
〈しかし、むかしの子どもたちは
まだ数字が読めないうちから
アナログ時計で一目《ひとめ》で時間がわかったよ〉
〈いいのいいの　そんな　今更
これからベンキョーして　やっと
わかったらもうバーバになってるわ〉

おぼえがき

私の、単行詩集として、最初の『道道』（一九五七）以来27冊目にあたる本書には、第Ⅰ部に、前詩集（二〇一三）の編集進行中からその後にわたって「文學界」「現代詩手帖」「ガニメデ」「ＥＫＥ」の諸誌に発表した詩篇、およびその間に句誌「蜻蛉句帳」巻末の「通信」欄にエッセイとして掲載したテクストを詩として改訂したものを収録、第Ⅱ部には、やはりこの間に天童大人プロデュースの〈詩人の聲〉で口頭発表した詩篇から選択したものを、ほぼその制作順に収めてある。第Ⅲ部は、さらにその後の未公表作と、未整理のまま放置してあった旧詩篇に更めて手入れを施したものを収めて、現時点での補遺篇とした。

なお、本書を、第四詩集『時間錯誤』以来あまたたびお世話になった思潮社主小田久郎氏に捧げるとともに、第一詩集以来装幀・装画を引受けられた白崎隆夫（小学校級友）から最近の黒田アキにいたるアーティストのみなさんに心からお礼を申し上げる。

二〇一四・六・二五　　著者識

同じ著者による詩集（選詩集の類を除く）

『道道』一九五七（題字・白崎隆夫）舟唄叢書
『朝の河』一九六一（写真・掘塚美保）国文社
『夜中から朝まで』一九六三（飾絵・加納光於）新芸術社
『時間錯誤』一九六六（装幀・桑山弥三郎）思潮社
『血と野菜』一九七〇（装幀・宇佐美圭司）思潮社
『取経譚』一九七二　山梨シルクセンター出版部
『「評伝オルフェ」の試み』一九七三　書肆山田
『夜々の旅』一九七四（装画・林マリ）河出書房新社
『譚海』一九七四（装幀・中西夏之）青土社
『Les Invisibles　目に見えぬものたち』一九七六（装幀・中島かほる）思潮社
『死者の砦』一九七七（装幀・林マリ）書肆山田
『乙姫様』一九八〇（装幀・吉岡実）青土社

『帰りなき者たち』一九八一　河出書房新社
『眠りなき者たち』一九八二（装幀・勝井三雄）中央公論社
『《地獄》にて』一九八四（装幀装画・横尾忠則）思潮社
『ノマディスム』一九八九（装画・合田佐和子）青土社
『欄外紀行』一九九一（装幀装画・横尾忠則）思潮社
『夜の戦い』一九九五（装幀・平出隆）思潮社
『胴乱詩篇』一九九七（装画・マリ林）思潮社
『悪魔祓いのために』一九九九（装幀・高麗隆彦）思潮社
『幽明偶輪歌』二〇〇一（装画・黒田アキ）思潮社
『御身あるいは奇談紀聞集』二〇〇四（装画・黒田アキ）思潮社
『人間の運命　黄変綺草集』二〇〇七（装画・黒田アキ）思潮社
『AVISION　幻夢詩篇』二〇〇九（装幀・中島かほる）書肆山田
『アリス・アマテラス　螺旋と変奏』二〇一一（装画・黒田アキ）思潮社
『南天お鶴の狩暮らし』二〇一三（装画・黒田アキ）書肆山田

贋《がん》作《さく》・二《に》都《と》物語《ものがたり》

著者

天沢《あまざわ》退《たい》二郎《じろう》

発行者

小田久郎

発行所

株式会社思潮社

〒一六二—〇八四二　東京都新宿区市谷砂土原町三—十五

電話〇三（三二六七）八一五三（営業）・八一四一（編集）

ＦＡＸ〇三（三二六七）八一四二

印刷所

三報社印刷株式会社

製本所

小高製本工業株式会社

発行日

二〇一四年十月二十五日